UN LUGAR IGUAL...
PERO DISTINTO

Adolfo Mazariegos

UN LUGAR IGUAL... PERO DISTINTO

EVANED

UN LUGAR IGUAL... PERO DISTINTO / Cuentos
Adolfo Mazariegos

D. R. ©2011, Adolfo Mazariegos.
D. R. ©2012, De esta edición:

- Evaned USA
  P. O. Box 15401
  Los Angeles, CA 90015
  United States of América
  info@evaned.com

Evaned Grupo Editorial
www.evaned.com

ISBN: 978-0-9774941-1-8

Este libro fue publicado originalmente en Guatemala en agosto de 2011, por Magna Terra Editores.

Primera edición en Evaned: enero de 2012.

Foto de portada:
"Euralio Greek Castle" ©Diego Barucco/Dreamstime.
Foto del autor: ©Evaned

Impreso en Estados Unidos - Printed in the United States

Índice

"Hay cosas que nunca
se podrán explicar con palabras..."
JOSÉ SARAMAGO, *El hombre duplicado*

UN LUGAR IGUAL...
PERO DISTINTO

A mi amigo Arturo Arias

Al finalizar el recorrido por el parque, me senté bajo la copa de un árbol y me dispuse a leer la novela *Sopa de Calamar*, que, por correo electrónico, le había pedido recientemente a su autor, el escritor Arturo Arias, me autografiara, a lo que accedió amablemente sin siquiera conocerme. Había recibido de vuelta, por correo, el libro firmado desde varios días atrás, pero aún no había iniciado su lectura, este era, pensé, un buen momento para ello.

Desde donde me encontraba sentado podía ver la imponente edificación de El Gran Jaguar. Observé aquel famoso templo maya por unos instantes y luego comencé a leer. El calor, no obstante encontrarme a la sombra, me empezó a sofocar. Pensé que mi presión arterial había descendido porque, repentinamente, me dio mucho sueño. Decidí no oponerme al sopor. Lentamente fui perdiendo la noción de todo y muy pronto me quedé profundamente dormido.

Al despertar, soplaba un viento fresco cuya procedencia no fui capaz de identificar, pero me resultó agradable. El sueño había sido reparador. Mi reloj de pulsera me indicó que no había dormido más de treinta minutos.

Tomé mi mochila, guardé el libro y empecé a caminar con la intención de regresar al aeropuerto. Aún era temprano, pero quería estar a tiempo para abordar el avión de regreso a Guatemala.

Al llegar al aeropuerto de Flores, fui directo al mostrador de la línea aérea. No había muchos pasajeros en espera, así que no me tomó mucho tiempo llegar hasta la chica sonriente del moñito azul en el pelo que me dio la bienvenida y amablemente me pidió mi boleto. Se lo entregué y le devolví la sonrisa. Tecleó con agilidad algo en la computadora, casi sin ver el teclado, luego vio rápidamente el documento que yo le acababa de entregar y levantó la vista hacia mí. Me vio con una expresión que asumí era sorpresa.

—Me temo que ha perdido su vuelo, señor... Martínez —dijo, con una nueva sonrisa que me pareció apenada y al mismo tiempo un tanto estúpida—, pero puedo darle un asiento en el vuelo de esta tarde, cobrándole solamente un pequeño recargo.

—¡Veo que hay una confusión! —Aseguré, también sonriendo—. Mi vuelo es hasta las cuatro y media. Son apenas las dos de la tarde.

—Tiene usted razón en los horarios, señor Martínez, no así en la fecha. Su vuelo era para el día de ayer. Pero no se preocupe, veré si puedo cambiarle el vuelo sin cobrarle el recargo.

—¡No! No es por el recargo, señorita. Creo que no ha visto bien la fecha en el boleto. Yo vine a Tikal hoy por la mañana. Hoy 28 de febrero.

—Lamento mucho tener que contradecirlo señor Martínez, pero hoy es 29 de febrero —volvió la vista a la pared, en dirección al calendario de grandes números negros que colgaba de un clavo.

Me quedé pasmado. Sin decir una palabra le arrebaté el *ticket* de avión para comparar las fechas, y en efecto, la muchacha tenía razón. Inexplicablemente yo estaba en el aeropuerto con un día de retraso. Me di la vuelta y le pregunté la fecha a un turista que me observó con desconcierto: "29 de febrero", respondió trabajosamente, con un acento que adiviné francés. ¿Pero cómo? ¿Cómo era posible? Empecé a tratar de recordar hechos que a lo mejor nunca habían ocurrido. Fue inutil: nada vino a mi mente. La única explicación plausible, aunque algo tonta y por ende, poco satisfactoria, era que hubiera dormido todo un día sin percatarme de ello y que hubiera despertado casi en la misma hora en que me dormí el día anterior, salvo por los treinta minutos que inicialmente creí que había descansado en los brazos de Morfeo. Sentí naúsea. Empecé a sudar copiosamente y tuve que correr al baño para lavarme la cara con agua fría.

Minutos más tarde, volví al mostrador de la aerolínea.

—¿Aún me puede conseguir un asiento en el próximo vuelo? —Le pregunté a la chica del moñito. Seguramente yo tendría muy mal semblante porque noté que me miraba extraño.

—Sí, señor, sólo permítame un minuto, por favor —me recibió el boleto nuevamente y se dirigió a una pequeña oficina de ventana amplia, al final del mostrador. La vi, a través del cristal de aquella ventana, conversar con un hombre de corbata y camisa de mangas cortas que supuse era el gerente. Ambos, al mismo tiempo, mientras hablaban, volvieron la vista hacia donde yo me encontraba. Observé que el hombre asentía a algo que la chica le indicaba mientras le enseñaba mi boleto. Me sentí incómodo y desvié la mirada. Un instante después, la muchacha volvía al mostrador.

—No hay problema señor Martínez, no le cobraremos recargo por el cambio de fecha. Dice mi jefe que podemos hacer una excepción, que seguramente todo es un mal entendido. Siento mucho cualquier inconveniente.

—Gracias —me limité a decir. Recibí el nuevo *ticket* y esperé la hora de abordar.

Al llegar a la ciudad de Guatemala y descender del avión, aún con el ánimo descompuesto y sin haber encontrado una explicación a los interrogantes que habían ido surgiendo, me sorprendí todavía más, por la *coincidencia* de encontrar al escritor Arturo Arias, bebiendo café y leyendo un periódico, en uno de los restaurantes de comida rápida del área de espera, dentro del aeropuerto. Me acerqué a la entrada para cerciorarme de que realmente fuera él. Dudé en hablarle, pero no quise perder la oportunidad de saludarlo personalmente y agradecerle la gentileza que tuvo al firmar para mí un ejemplar de su novela *Sopa de Calamar*. Entré en el lugar y fui directo a su mesa.

Lo saludé.

—Disculpe el atrevimiento —le dije—, no quería perder la oportunidad de saludarlo. ¡No todos los días se conoce personalmente a un escritor tan famoso! —Le extendí mi mano —soy Alfonso Martínez, mucho gusto.

—Mucho gusto —respondió. Sonrió amablemente al tiempo que estrechaba mi mano.

—¿Le importa si me siento un momento? Quisiera agradecerle por aceptar firmar el ejemplar de su obra que le envié por correo.

Saqué el libro de la mochila y se lo extendí. Él lo tomó y pareció observarlo con asombro. Hizo pasar algunas páginas, leyó algunas líneas, y luego, viéndome con aquella expresión de sorpresa que ya había visto yo en el aeropuerto de Flores en Tikal, dijo:

—Es usted muy amable, señor Martínez, pero yo no escribí este libro. Yo, ciertamente, escribí una novela hace ya varios años a la que titulé *Sopa de Caracol*. Esta se llama *Sopa de Cala-*

mar, y por lo poco que acabo de leer, es una historia distinta.

—¡Pero usted es Arturo Arias! —Aseveré, con desconcierto.

—Sí, pero yo no escribí *Sopa de Calamar*, lo siento.

—Y por qué no rechazó el libro entonces cuando se lo envié para que lo firmara —le pregunté sin pensar y sin comprender lo que estaba ocurriendo.

—Yo no he firmado este libro. Ni siquiera firmo así —dijo, refiriéndose a la firma en el libro—, mi firma es muy distinta.

—¡Pero usted lo firmó! —Insistí—. Yo se lo envié personalmente por correo a su casa en California.

—Yo no vivo en California, mi estimado amigo. Vivo en Austin, Texas, desde hace mucho tiempo. Lo lamento de verdad, creo que se ha confundido usted. A lo mejor existe por ahí otro Arturo Arias a quien todavía no tengo el gusto de conocer. Lo que sí me parece sorprendente es la similitud en los títulos de ambas obras y de las portadas. Veré que lo investigue la editorial.

—¿Acaso se están burlando todos de mí? —No me dí cuenta de que levantaba la voz—. ¡Todos se han puesto de acuerdo para jugarme una broma de mal gusto! —Me puse de pie sin ser consciente de ello.

—Discúlpeme señor Martínez, esta situación no es agradable en lo más mínimo. Si es una broma, tampoco me parece chistosa. Tengo que marcharme, mi avión está próximo a salir y no tengo tiempo para estas cosas. De verdad lo lamento.

Se puso de pie, tomó un pequeño maletín negro que estaba en otra silla y empezó a caminar rumbo a la salida del local.

—¿Viaja usted a California?, por casualidad —casi grité.

—No —respondió, parco, sin detenerse—, voy a Austin, la ciudad en la que vivo.

Tuve la certeza de que todos los presentes me observaban. Miré en derredor. Luego salí del lugar.

La noche estaba estrellada, más de lo que recordaba que podría estar el cielo de la ciudad en una noche de febrero. Salí del aeropuerto rumbo al estacionamiento en busca de mi auto. Deseaba llegar a casa lo antes posible y darme una ducha caliente. Los acontecimientos del día me habían puesto de mal humor, me habían hecho, incluso, dudar de mi propia cordura. Recorrí todo el nivel donde recordaba haber estacionado el vehículo temprano en la mañana antes de salir hacia Tikal, pero no lo encontré. Supuse que me habría equivocado de lugar y lo recorrí nuevamente, de Norte a Sur y de Sur a Norte. Subí al siguiente nivel y lo recorrí con igual resultado: nada. Mi auto, sencillamente, había desaparecido. "Sólo esto me faltaba", pensé. "Que me roben el auto precisamente hoy, ya es el colmo".

Busqué a uno de los guardias de seguridad para hacerlo de su conocimiento. Después de conversar con él sobre el suceso y esperar casi dos horas a que llegara la policía para hacer la denuncia correspondiente, misma que debía ratificar al día siguiente en el Ministerio Público, llamé un taxi.

—Lléveme a la colonia Villa Linda, en la zona doce, por favor —le pedí al taxista. El taxista titubeó.

—Disculpe señor, no conozco esa colonia —me respondió finalmente—, ¿se refiere acaso a la colonia que está a un costado de la Universidad de San Carlos?

—¡A esa misma! ¿Cómo dice que no la conoce?

—Sí, perdone, es que yo la conozco con el nombre de colonia Villasol. No sabía que le habían cambiado el nombre.

—Pues hágame el favor de llevarme, se llame como se llame la colonia. Esa colonia, que yo sepa, tiene el mismo nombre desde que empezaron a construir allí las primeras casas, hace ya muchos años de eso —dije molesto.

Empezaba a desesperarme realmente. ¿Qué rayos estaba sucediendo? ¿Acaso de verdad estaba perdiendo el juicio?

Del aeropuerto a mi casa hay poca distancia. Llegamos en pocos minutos.

—¡Señor Martínez, pensé que estaba en su casa! —Me saludó el guardia de la garita, a la entrada de la colonia, con aquella misma expresión de sorpresa que ya me resultaba familiar.

—Vengo de Tikal, Ramón. No he estado en casa todo el día, salí de madrugada.

—¡Ah que señor Martínez, tan bromista! Lo que si es cierto es que no lo vi salir desde que regresó de trabajar esta tarde.

—¡Pero si usted sabe que yo trabajo en casa, Ramón!

—Ah, que señor Martínez —repitió—, creo que necesita descansar.

—Buenas noches, Ramón.

Me despedí rápidamente del guardia, sintiendo que había dejado que me tratara como a un loco. Seguí dos calles más hasta *mi casa*. Al llegar le pagué la carrera al taxista, y cargando mi mochila descendí del auto. Saqué la llave del bolsillo y la introduje en la cerradura. No giró. La extraje y la introduje nuevamente. No se movió ni a la derecha ni a la izquierda. Me pareció extraño. Empecé a forcejear tratando inútilmente de hacerla girar, pero nada conseguí. Me asomé al balcón de la ventana que da a la calle y vi que una de las luces del fondo se encendía. "Que extraño" pensé, "no se supone que haya alguien en casa".

Volví a pararme frente a la puerta con la intención de intentar nuevamente hacer girar la llave, pero no llegué a tocarla: la puerta se abrió de golpe, y me vi, asombrado e incrédulo, de pie frente a mí mismo, como en un espejo, como si yo personalmente hubiera salido a recibirme para cerrar con broche de oro el día.

Entonces lo descubrí, aunque me negué a creerlo: el viaje a Tikal me había transportado a otro sitio, a otro país, a otro mundo donde yo ya existía cuando llegué. A un lugar igual... Pero distinto.

EL MALABARISTA

El timbre del teléfono sonó repetidamente. Desperté sobresaltado. Recién me había dormido y los efectos de la borrachera impedían ordenar mis pensamientos. Recordaba haber estado con un par de amigos en el bar *Peces e Iguanas* hasta pasada la media noche, cerca de la salida que de la universidad conduce al Periférico. Bebimos algunas cervezas, comimos carne con arroz y conversamos largamente sobre temas diversos. De allí en adelante, mis recuerdos se volvieron confusos.

El timbre del teléfono volvió a sonar. Como pude salí de la cama y por inercia levanté el auricular. Escuché en silencio.

—¿Puedo hablar con algún familiar del señor Dennis Gálvez? —Preguntó una voz que se me antojó extremadamente chillona. Y no sé por qué, tuve una visión fugaz de Alfred Hitchcok, en blanco y negro, presentando uno de sus clásicos programas de televisión.

—Sí —balbuceé solamente. No fuí capaz de articular otra palabra dado el estado en que me encontraba. Toda la habitación giraba en torno mío.

Del otro lado de la línea, alguien dijo ser del Ministerio Público: me pedía ir a identificar el cuerpo de Dennis Gálvez. Me dieron algunas indicaciones y me informaron que en su billetera sólo habían encontrado su licencia de conducir, un par de tarjetas de crédito con el mismo nombre, y algunos otros documentos que no eran relevantes para su identificación: "su rostro está desfigurado", me dijeron. Me dieron una dirección que garrapateé rápidamente sobre la pasta de un libro de Sartre que descansaba sobre la mesa sin haber sido abierto desde hacía días, y colgué. Sólo entonces me percaté de que aún estaba vestido. No me había cambiado la ropa al llegar a mi apartamento y no recordaba cómo había llegado. Me dirigí al cuarto de baño. Me lavé la cara con agua fría y observé mis ojos enrojecidos en el espejo. Me cepillé los dientes y me alisé el pelo con las manos. Debía salir inmediatamente, así que regresé a mi habitación para buscar mi documento de identificación y mi teléfono móvil (sólo encontré mi documento de identificación), luego corrí al garaje para salir a identificar aquel cuerpo. Inesperadamente, mientras descendía las gradas rumbo al garaje, un escalofrío intenso recorrió mi espalda: mi auto no estaba. Me llevé la mano al bolsillo y busqué intentando encontrar las llaves, pero mis dedos toparon nuevamente con mi documento de identificación; lo extraje, vi mi fotografía y leí mis datos. Confundido repetí mi nombre en voz alta, como tratando absurdamente de convencerme de mi propia identidad: Dennis Gálvez.

****

Poco antes de que concluyera la Lección Inaugural de semestre en la Escuela de Ciencia Política, decidí abandonar el auditorio. Tenía hambre y la charla no me pareció muy interesante. El invitado estaba hablando de la estructura del Tribunal Supremo Electoral, que aunque siempre me ha parecido un tema importante, esta vez no logró despertar mi interés.

Pensé pasar comprando algo para cenar y dirigirme directo a mi apartamento, pero al salir del edificio de la Escuela, me topé con "A" y con "B" frente a la cancha de básquetbol. Charlaban desganados, fumando bajo una llovizna pertinaz que poco a poco había ido cambiando el color de los alrededores. Sugirieron ir a tomar algo en alguno de esos antros que suelen estar atiborrados de estudiantes (y no estudiantes también), en las afueras de la universidad, rumbo al Periférico.

Acepté.

Al llegar, pude observar que el lugar estaba casi desierto (por ser martes, pensé). En una pantalla de plasma, colgada solitaria en la desnuda pared del fondo, se observaba un concierto de los *Bee Gees*, no les presté demasiada atención, porque, a decir verdad, nunca me ha gustado mucho su música, salvo una o dos canciones cuyos títulos jamás he sido capaz de retener en la memoria. Pedimos cerveza y poco después carne asada, nos la sirvieron con arroz y calabacitas tiernas. Por la ventana, vi que la llovizna arreciaba y se convertía en una fuerte lluvia que se mantuvo constante por unos diez o tal vez quince minutos, luego escampó abruptamente. En la pantalla de la pared, ahora, el ex *Guns and Roses*, Slash, como de costumbre, tocaba la guitarra ocultando el rostro con su pelo oscuro y largo. Por un segundo, un relámpago iluminó la parte de afuera del local donde estábamos; algunas sombras se vieron de pronto alejarse lentamente rumbo a la salida del complejo. Tuve un presentimiento, pero no supe de qué.

****

Yo sabía mi nombre (obviamente), pero al leerlo en mi documento de identificación fue como si alguien me hubiera echado encima un balde con agua helada. Me senté en una de las gradas y traté de recordar los detalles de la noche anterior. No lo conseguí. Durante algunos minutos interminables me quedé observando estúpidamente el piso. Al llevarme las manos a la cabeza y volver la vista hacia el centro del garaje, descubrí, accidentalmente, una pequeña tarjeta que yacía húmeda y gastada en el suelo, tenía la marca de un neumático sobre el nombre del taxista a quien pertenecía. La levanté y leí: "Ángel Salvat... Taxi a su servicio las 24 horas". Había un número de teléfono en la esquina inferior derecha. No creí conocerlo, pero subí las gradas de regreso a la sala y lo llamé. Un instante más tarde, el taxista tocaba en mi puerta, tan rápido como si hubiera estado esperando mi llamada a la vuelta de la esquina. Le pedí que me llevara de inmediato a la dirección que me habían dado por teléfono cuando me llamaron del Ministerio Público.

—Esta es la dirección del Roosevelt, yo voy seguido a ese hospital —me dijo el taxista.

En honor a la verdad, yo no había reparado en ello. Todavía me sentía ebrio.

—Entonces lléveme —le respondí, parco.

—¿Se siente enfermo? —Me preguntó, con cierto acento extranjero, probablemente italiano.

—Sólo lléveme, por favor —dije, irritado. Él pareció darse cuenta de cierta hostilidad en mi voz y de que no deseaba mantener una conversación con nadie, fuera quien fuera. Lo vi observarme por el espejo retrovisor y rascarse la cabeza que ya empezaba a manifestar algunos signos de calvicie. Su mirada, de un azul intenso, se fijó por un segundo en mis ojos, luego volvió la vista al frente y no dijo una sola palabra sino hasta que yo le volví a hablar.

El día despertaba. Lentamente los alrededores empezaban a cubrirse de una espesa miel, dorada y brillante. Al pasar cerca de la pequeña estación de policía que está a un costado del Periférico, a inmediaciones de la Calzada Aguilar Batres, me pareció reconocer mi vehículo. Estaba prácticamente deshecho, pero yo sabía que era el mío. Le pedí al taxista que hiciera todo lo posible por encontrar una salida del Periférico y retornar para llevarme hasta aquella estación. Así lo hizo. Y en efecto, al ver el número de matrícula del vehículo, constaté que aquel era mi auto. Una grúa lo había recién llevado y el dueño había fallecido momentos antes en el hospital Roosevelt; fue todo lo que me dijeron.

— ¡Pero el dueño soy yo! — Dije sorprendido. Saqué mi documento de identificación del bolsillo y le pedí al oficial encargado que comparara mi nombre con el de la tarjeta de circulación del auto, que seguramente, él ya tendría en su poder.

Asintió.

Luego de comparar ambos documentos, levantó levemente la vista hacia mi rostro, enarcando una ceja. Y sonrió con sarcasmo.

— Entonces — dijo —, queda usted detenido por ocasionar un accidente de tránsito en la vía pública —. Volvió a sonreír.

En qué otro lugar que no sea una vía pública se puede ocasionar un accidente de tránsito, pensé en preguntarle, pero me contuve. Además, él había dicho que el dueño del auto había fallecido, y si yo era el dueño, y estaba allí de pie frente a él, qué era lo que estaba ocurriendo. No podía dar crédito a lo que acababa de escuchar, pero tampoco podía darme el lujo de ser impertinente con la autoridad, mi estado era un factor en contra que debía considerar antes de cometer cualquier imprudencia o tontería. No obstante, el ridículo episodio me hizo recordar algo. Afuera, el taxista seguía esperándome.

****

Al salir del local donde había estado conversando con mis amigos "A" y "B", empezamos a caminar lento, con la intención de ir al estacionamiento donde yo había dejado mi automóvil; deseaba traerlo un poco más cerca porque estaba algo retirado, por la Avenida Petapa. "B" recibió una llamada inesperada de su novia y decidió ir por ella. Se despidió. "A" y yo nos quedamos conversando un momento, cerca de la parada de autobuses. "A" llamó por teléfono a "C" y acordamos reunirnos con ella en *Peces e Iguanas*, del otro lado de la calle. Allí estuvimos conversando y escuchando trova hasta que cerraron el lugar. Nos fuimos caminando entonces a la gasolinera que está a pocas cuadras, justo donde empieza el Periférico, y donde dos horas antes, ya habíamos dejado los tres autos estacionados: el de "A", el de "C" y el mío.

La conversación siguió y se prolongó hasta quién sabe qué hora. Compramos café, escuchamos a Rossana y Arjona en el radio de mi auto y le dimos algunas monedas a un malabarista que se acercó a nosotros y que llevaba, colgado del cuello, un medallón enorme de fantasía reluciente con el símbolo de Amor y Paz. Hizo algunos malabares y nos tendió la mano a manera de despedida. Al marcharse sonrió ampliamente, mostrando una dentadura a la que le faltaba el canino superior izquierdo. Lo vimos caminar hasta desaparecer por la calle más próxima, que, a esa hora de la madrugada, estaba totalmente a oscuras. Conversé unos minutos más con "A" y con "C", nos terminamos el café, y finalmente nos despedimos. Vi a "A" y "C" abordar sus respectivos vehículos y marcharse. Yo me dispuse a hacer lo mismo, pero, por alguna extraña razón que aún no me explico, antes de marcharme bajé el cristal de la ventana y me quedé inmóvil unos segundos, con la mirada perdida en la oscuridad. Al intentar encender el motor y volver la vista hacia la izquierda, fue cuando sentí el frío metal de aquella pistola en mi frente.

—Dame la llave del vehículo y bajate inmediatamente si no querés morir —escuché que alguien dijo. No pude distinguir el rostro, pero estaba *casi* seguro de haber escuchado esa voz con anterioridad. Obedecí, y tambaleante, descendí del auto. En unos cuantos segundos lo vi tomar el Periférico a toda marcha y perderse de vista.

****

Después de discutir por varios minutos y hacerle ver al oficial encargado de la estación de policía, lo absurdo de afirmar que quien había fallecido en el hospital a raíz del accidente en mi automóvil era el dueño, dado que el dueño era yo y me habían robado el vehículo unas horas antes, me permitió ir, no sin cierta resistencia, custodiado y en vehículo de la policía, al Hospital Roosevelt; "para que aclare su situación", me dijo. Llegamos en pocos minutos. Descendí del auto patrulla, ingresé en el hospital para hacer las averiguaciones pertinentes y no volví a ver a los custodios que me habían llevado hasta allí. En poco más de media hora me encontré en una pequeña y sombría sala de espera en el interior de la morgue, en el sótano del edificio. El médico encargado, regordete, de bata blanca y con una *Coca Cola* en la mano izquierda, después de saludarme y dar un par de sorbos a su bebida, extrajo de una de las gavetas de su escritorio una pequeña bolsa plástica que me entregó; contenía mi licencia de conducir, dos tarjetas de crédito, algunos papeles poco importantes y mi billetera vacía, artículos que se habían quedado en el auto cuando yo me bajé apresuradamente al momento del asalto. Llamó mi atención que no fuera la policía quien tuviera esos documentos, pero no le di mayor importancia. Le expliqué, lo más rápido y concreto que pude, lo que recordaba del suceso de la noche anterior y la desagradable situación en la que ahora me encontraba.

Me vio con displicencia, luego habló.

—Lamento mucho todo lo que me cuenta, señor... Gálvez —dijo, haciendo una breve pausa, como tratando de recordar mi apellido y dando otro sorbo a su *Coca Cola*—, aunque una muerte es una muerte, y eso, siempre es una situación que se lamenta, es decir, no pretendo minimizar la pérdida de su vehículo, por supuesto, no me vaya usted a mal interpretar, pero... Mejor tenga la bondad de ver si reconoce al occiso, o si algo le puede dar una pista, un indicio de quién puede ser..., dado que no es usted, señor... Gálvez —sonrió nuevamente, en tono burlón, indicándome el camino con un ceremonioso ademán de mano.

Un escalofrío volvió a recorrer mi espalda. Caminamos por un pasillo con poca iluminación hasta la sala donde estaba el cuerpo tendido sobre una mesa de metal y cubierto con una sábana blanca. Sentí náusea. Un extraño olor que aún no sabría describir con certeza inundó mis fosas nasales.

—Este tipo de situaciones suele ser algo incómodo —dijo el médico, percatándose de mi malestar—, si desea puede sentarse un momento antes de ver el cuerpo.

Negué con la cabeza y caminé lento hasta la mesa. El médico, sin inmutarse, levantó la sábana, al tiempo que un destello en el pecho del occiso me hacía recordar de golpe detalles de lo ocurrido la noche anterior. Un capricho de la luz sobre un medallón con el símbolo de Amor y Paz que reconocí de inmediato. La náusea se agudizó. Me llevé la mano a la boca y volví el rostro para evitar vomitar, luego le pregunté al médico, con palabras entrecortadas, si podía él levantar levemente el labio superior de la boca del fallecido.

Respondió afirmativamente con un gesto.

Se colocó un guante de latex y procedió. De alguna manera, la sospecha que yo tenía se confirmó: el rostro era irreconocible, estaba totalmente desfigurado, pero quien yacía allí era el malabarista que conocí en la gasolinera la noche pasada, lo supe al ver que le faltaba el canino superior derecho. Aquella sonrisa nocturna volvió a mi mente y así también la vi difuminarse en la oscuridad de la calle por donde el malabarista se marchó. "¡Por eso me pareció conocida la voz de quien me robó el auto!" Pensé. "¡Fue él!"

La náusea se tornó insoportable, tuve que salir con rapidez de aquel recinto para respirar aire fresco.

Al salir, en la puerta del hospital, tropecé con el taxista Salvat..., a quien ya había olvidado por completo.

—Disculpe, me he olvidado de pagarle y encima lo he dejado botado en la estación de policía, ¿cuánto le debo? —Le pregunté, metiendo la mano en mi bolsillo.

—No se preocupe, no me debe nada, sólo vine porque deseaba devolverle su teléfono móvil, yo estoy a su servicio —me respondió, con una sonrisa blanca y brillante, como de anuncio de televisión.

¿Mi teléfono? Por supuesto, por eso no lo encontré cuando lo busqué antes de salir de casa esta mañana, pero ¿qué hace él con mi teléfono móvil, cómo llegó a sus manos?

Le pregunté.

—No se alarme —me tranquilizó, al tiempo que me explicaba—: anoche, pasé a comprar una taza de café a la tienda de la gasolinera que está al inicio del Periférico. Usted me vio y me habló. Me dijo algo sobre un robo pero no le entendí muy bien, estaba bastante bebido y parecía preocupado. Me pidió que lo llevara a su casa. Durante el trayecto intentó hacer una llamada con su teléfono móvil, pero creo que no logró comunicarse. Supongo que en ese momento lo dejó caer dentro del taxi y no se percató; yo lo encontré esta mañana, pero no quise ir a devolvérselo muy temprano porque no lo había visto en muy buenas condiciones cuando lo fui a dejar, así que regresé a estacionarme a la vuelta del edificio donde usted vive para esperar una hora prudente. A los pocos minutos usted me llamó. Lo demás, supongo que lo recuerda.

Me recosté en la pared y me quedé pensativo por un momento.

—¿Desea que lo lleve de regreso a su casa? —Preguntó afable.

Yo accedí.

Me introduje en el taxi y me dejé caer pesadamente en el asiento trasero. Me quedé dormido inmediatamente y no desperté sino hasta que llegamos.

Froté mis ojos y extraje algunos billetes arrugados de mi bolsillo, pero, por más que insistí, Ángel Salvat... no aceptó que le pagara por sus servicios, lo cual me pareció muy extraño, aún así, algo en mi interior me aconsejaba no insistir. Entonces le agradecí y me encaminé a la puerta de entrada.

—¿Es usted italiano? —Le pregunté, deteniendo mis pasos y volteando a verlo.

Se sonrió.

—No exactamente... Pero me gusta mucho Roma, eso sí —respondió, y cambió rápidamente el tema—. Por cierto, déjeme darle otra de mis tarjetas, por si me necesita nuevamente, así sustituye la que ya tiene, que está algo sucia, además, la marca dejada por algún neumático no permite que mi nombre se lea completamente y con claridad, ¿verdad?

Tenía razón. No se equivocaba al aseverar aquello. Leí su nombre en la nueva tarjeta: Ángel Salvatore.

Pero, ¿cómo lo supo?

Se lo pregunté.

—Estoy a su servicio, ya se lo dije, señor Gálvez. Ya lo entenderá —sonrió cálidamente mostrando nuevamente su impoluta dentadura blanca. Y empezó a caminar, sin decir más.

Antes de que subiera al auto volví a preguntarle algo:

—Usted dice que no es italiano, pero su apellido lo es, ¿verdad? ¿Cuál es la traducción?

—Salvador —respondió, sin volverse.

Lo vi subir al taxi y alejarse, muy despacio. Tuve la certeza de que volvería a verlo, pero no supe cuándo. Entré en el edificio y cerré la puerta tras de mí.

Mientras subía las gradas, hacia la sala, la visión del rostro nocturno de aquel malabarista atravesó veloz por mi mente: el diente que hacía falta en su dentadura era el canino superior izquierdo, y no el canino superior derecho que le faltaba a la dentadura del cuerpo que vi en la morgue del hospital.

VALENTINA EN BERLÍN

El oficial de policía que descendió del auto patrulla interrogó a Valentina en el mismo lugar donde la encontró, pero ella no logró entender las preguntas del oficial. Le pareció, dado lo marcado de las *erres* y el acento golpeado, que él hablaba en alemán, pero no tenía la certeza de que así fuera.

—¡Disculpe, no le entiendo, no sé qué sucede! —Contestó Valentina nerviosamente, aún medio mareada y con un fuerte dolor de cabeza—. Ignoro qué hago aquí.

El policía, extrañado, la vio sin comprender lo que ella trataba de explicar. Valentina repitió en inglés lo que acababa de decir en español, pero sin más preguntas, fue llevada de inmediato a una jefatura de policía cercana.

****

Valentina traducía obras de sociología. Recién terminaba las versiones en inglés de algunos escritos que le habían pedido para una próxima publicación y pensaba llevárselos personalmente al editor ese mismo día. Hacía poco que se había mudado a *Berkeley*, muy cerca de la universidad y a pocos minutos del centro de San Francisco. Pensaba quedarse allí algunos meses, o quién sabe, tal vez indefinidamente. En algún lugar había leído (o escuchado), que Julio Cortázar vivió una corta temporada en esa ciudad, y aunque no sabía a ciencia cierta si era aquel un dato verídico, quiso saber por qué le podría haber parecido un sitio interesante a un escritor como Cortázar.

Esa mañana, se levantó muy temprano y bebió una taza de café (como era su costumbre), luego salió y condujo su automóvil, recién adquirido, por varias calles, buscando llegar a la autopista. Pensaba ir directamente a la oficina del editor en la calle Lombard, cercana al centro de San Francisco, para entregarle el disco con los documentos como habían acordado por teléfono la tarde anterior. Luego pasaría comprando algunas cosas en las tiendas de la ciudad, almorzaría algo ligero en alguna cafetería sencilla y regresaría por la tarde a *Berkeley*, donde rentaba el pequeño apartamento en el cual vivía, sobre la calle Durant. "Es un apartamento modesto, con poco espacio, pero lo suficientemente cómodo para mí", le había comentado por teléfono a Valeria, una amiga de la infancia con quien, incluso, había ingresado a la universidad algunos años atrás.

En la autopista, sin proponérselo, empezó a recordar su natal Guatemala, su antigua universidad y las charlas con sus compañeros y compañeras de sociología: "Quédate a ejercer tu carrera, eso te dará prestigio y algún dinero", le habían dicho.

Valentina, después de considerarlo, había preferido continuar con aquel deseo que le había estado dando vueltas en la cabeza constantemente desde hacía un buen tiempo, además, no quería desaprovechar la oportunidad que ahora se le presentaba con aquella editorial de ciencias sociales.

Inesperadamente, mientras conducía, sumergida en aquellos recuerdos que habían venido solos, sin nada que aparentemente les hubiera hecho regresar del pasado, empezó a sentir un fuerte mareo, las imágenes se volvieron borrosas y empezaron a cruzarse caprichosamente frente a ella. Sintió que se iba a desmayar. Asustada, hizo el vehículo a la orilla de la autopista y lo estacionó como pudo. Se aferró fuertemente al volante y cerró los ojos. Todo giró a su alrededor apresuradamente, sintió cansancio y un pesado sopor inexplicable que se apoderó de ella sin permitirle hacer ningún otro movimiento. Dejó caer pesadamente y sin control su cabeza contra el respaldo del asiento y perdió el conocimiento.

Al despertar, aún estaba dentro del automóvil, no sabía cuánto tiempo había transcurrido ni por qué le había ocurrido aquel desmayo.

Tenía un fuerte dolor de cabeza pero trató de incorporarse un poco, al hacerlo, vio que la autopista lucía distinta, que era otra. Sin saber cómo, las señales, los rótulos y las mismas matrículas de los vehículos que circulaban velozmente frente a ella habían cambiado, todo era diferente. Aquello era inexplicable.

Un auto patrulla del cual descendía un oficial de policía, estaba estacionado justo enfrente, a sólo pocos pasos de donde ella se encontraba. El oficial observó con curiosidad las placas de aquel automóvil mal estacionado, luego vio hacia el interior del vehículo por la ventana y se dirigió a Valentina para pedirle, con señas, que saliera del auto.

****

El intérprete que llamaron para que Valentina pudiera rendir su declaración era un español de 45 años que vivía en Alemania y que había trabajado como intérprete y traductor en entidades internacionales durante mucho tiempo. Había viajado y vivido en Ginebra, Viena, Londres, Bruselas y New York. Era un hombre con mucha experiencia en lo que hacía. Había prestado sus servicios innumerables ocasiones en sesiones y despachos de organismos internacionales; hasta pensó, en algún tiempo, que su vida iba a ser eso, un viajar constante entre una ciudad y otra, traduciendo, interpretando y viviendo bien; pero había decidido radicarse en Berlín desde su boda con aquella alemana a la que conoció justamente a través de su trabajo. Descubrió que la vida es, a veces, distinta a como se la imagina, y que los desenlaces son, en ocasiones, inesperados, poco predecibles.

—Mire *amigo* —dijo, interrumpiendo a Valentina, incrédulo, sonriendo y rascándose la cabeza reiteradamente (como cuando se está a punto de perder la paciencia). A Valentina le pareció extraño que la llamara *amigo*, pero supuso que había sido un error de pronunciación—, mi trabajo es sólo traducir lo que usted me diga, no pretendo agregar ni quitar nada, pero si espera que le crean, tiene que decir la verdad, su historia suena extremadamente fantasiosa. ¿Cómo explica usted que aparezca en Alemania, sin pasaporte, sin visa y sin una razón que justifique su presencia aquí; es más, cómo explica que esté en territorio alemán con todo y un automóvil americano, y sin un documento que le haya permitido el ingreso al país?

—¡Le juro que estoy diciendo la verdad! ¡Ni yo misma me explico cómo ha sucedido! Estoy tan sorprendida como usted, o más. Además, cómo podría yo introducir un automóvil en otro país sin ser detectada. Y un país que está a miles de kilómetros de donde yo me encontraba. ¡Yo salí esta mañana de mi apartamento en California! ¡Lo juro!

Un agente, de traje oscuro y corbata, que se identificó como parte de una Unidad de Investigaciones Especiales, acompañado de una joven alta y delgada, de cabellos dorados, gafas y un block de notas en la mano, entró en la sala, sin llamar a la puerta ni pedir permiso. Haló una silla y se sentó a la par del intérprete. La chica rubia permaneció de pie. Le pidió que tradujera lo que iba a decirle a Valentina.

Dado lo extraño de su caso, habían revisado, dijo, el video grabado por una de las cámaras de tránsito colocadas en el tramo de la autopista donde Valentina y su auto fueron encontrados. Nadie se explicaba cómo, el auto, sencillamente, había aparecido ahí, de pronto. Enviaron el video a expertos, quienes en muy poco tiempo emitieron el dictamen de que era imposible haber *trucado* la grabación.

—Diga su nombre —indicó el intérprete, traduciendo lo que le había pedido el agente del traje oscuro.

La chica de las gafas, que seguía de pie, encendió una pequeña grabadora y observó brevemente el vidrio ahumado de la enorme ventana que había en la pared del fondo. Luego empezó a hacer algunos apuntes en su block de notas. Valentina intuyó, con acierto, que también estaban grabando el interrogatorio con alguna cámara detrás del vidrio.

—Valentina Escobar —respondió.

El intérprete la observó, con una expresión que denotaba cierta incredulidad. Esbozó una leve sonrisa sarcástica.

—¿Cuál es su nacionalidad? —Continuó.

—Soy de nacionalidad guatemalteca, pero vivo en Berkeley, California.

—¿Es usted espía?

—¿Le parece a usted que soy espía, de eso se trata? Ella respondió con otra pregunta, molesta.

—Por favor, limítese a responder, no se trata de lo que yo crea o lo que a mí me parezca que es. Usted no puede realizar preguntas en este momento. ¿Pertenece a alguna agencia o entidad gubernamental que desarrolla tecnología de avanzada, militar o similar?

Valentina negó con la cabeza y permaneció en silencio, a punto de llorar, desconcertada y no menos asustada por todo aquello que no sabía cómo había venido.

—Por favor, responda —pidió el intérprete—, es mejor que colabore. Caso contrario, esto se puede extender y tornarse más incómodo y desagradable de lo que puede imaginar. Ellos tienen todo el tiempo del mundo, en cambio usted no. A usted, el tiempo se le agota.

Valentina tragó saliva. Pensó que sin querer, la vida la había colocado en una situación que jamás imaginó y de la que muy probablemente no saldría bien librada.

****

Noticias de espionaje empezaron a circular por diferentes partes del mundo:

"Las autoridades estadounidenses han anunciado la detención de diez espías rusos dentro de una operación contra una red de informantes supuestamente dedicados a reclutar fuentes políticas y recopilar información secreta para transmitirla a Moscú" (El País, España).

"Once personas, entre ellas dos de origen sudamericano fueron detenidas por Estados Unidos acusadas de espiar para el gobierno ruso, según el Departamento de Justicia Estadounidense" (BBC, Londres).

"La bella espía de los servicios secretos rusos, Anna Chapman, volvió a ser noticia, pero esta vez por posar con ropas sugestivas y en poses sensuales para la revista Zhara, versión rusa de la publicación Heat, con el Kremlim como escenario de fondo" (La Nación, Argentina).

Pero una noticia, en especial, publicada por *Los Angeles Times*, empezó a llamar especial atención de Valentina cuando la empezó a leer: en Berlín se acusaba a un ciudadano austriaco de 54 años, de ser espía al servicio de Rusia, pasando información técnica y objetos, tanto civiles como militares de la industria aeronáutica alemana.

Valentina, que estaba sentada mientras leía el periódico que alguien, quizá el destino, le había dejado sobre la mesa, se vio de pronto allí, en Berlín, con unas manos llenas de pecas y arrugas: cicatrices propias de una edad que superaba ya el medio siglo de vida. Manos grandes y nervudas. No las manos que ella conocía de siempre, sino unas manos de hombre, que sostenían temblorosas las hojas de aquel diario que narraba la noticia de su inesperada historia.

Se puso de pie, con el corazón acelerado y a punto de salírsele por la boca.

Tragó de nueva cuenta una saliva espesa y amarga. Y desconcertada se vio a sí misma: sus pies, sus brazos, su ropa. Pasó sus manos por el rostro con barba de dos días y cayó en la cuenta. Se volvió hacia la ventana del fondo y se vio en aquel cristal ahumado. Entonces lo entendió.

El diario con la noticia de su arresto, yacía sobre la mesa.

LA MUJER CONGELADA

Puede ser que convenga, antes que nada, hacerte notar que estoy consciente de que muy probablemente no vas a creer lo que voy a contarte —le dije a mi hermano, quien también conocía a Sam, aunque no era tan amigo suyo como yo—, ni siquiera es algo común de escuchar. Es más, no me molestaría si pensaras que lo estoy inventando. Yo mismo me resistí a creerlo en un principio cuando Sam me lo contó, pero te garantizo que tan sólo estoy repitiendo sus palabras y lo que después yo personalmente pude constatar.

Me llamó por teléfono rozando el medio día, se escuchaba nervioso y un tanto agitado. Rápidamente intuí que algo le ocurría. Le pregunté qué pasaba pero me contestó que no quería contarme por teléfono, que prefería hablarme de ello personalmente. Acordamos entonces reunirnos esa misma tarde en aquel pequeño *Starbucks* que solíamos frecuentar en el Boulevard Atlántic, cerca de la Avenida Garvey, en el área de *Monterey Park*.

Sam llegó antes que yo. Estaba sentado en una esquina del local, en una de las mesitas del fondo; bebía café en uno de esos vasos descartables con tapadera que suelen usar hoy día en los cafés modernos. Llamó mi atención verlo bebiendo café, ya que por costumbre él suele tomar té, como la mayoría de chinos que conozco (y en eso él hace honor a su origen asiático). Tenía el semblante de quien no ha dormido bien.

—Me alegra que estés aquí —dijo agradecido al verme—, tengo que contarle esto a alguien de confianza, sin que me crean loco.

Ordené algo de tomar y me senté a escuchar a mi amigo. Este, comenzó a hablar de inmediato:

"Anoche —empezó a narrar—, me llevé el susto más grande de mi vida. Al llegar a casa me dirigí a la cocina, puse a calentar agua para el té y coloqué una taza sobre la mesa, luego me dirigí al cuarto de baño (normalmente voy al cuarto de baño antes, luego pongo a calentar el agua para el té). Súbitamente, un frío extraño recorrió mi espalda al tocar la manija de la puerta, la giré despacio y abrí, pero no entré, me quedé en el umbral. El cuarto de baño estaba oscuro y helado. Un olor extraño y muy desagradable venía del interior. Tuve la sensación de que alguien me observaba desde la oscuridad, en total quietud, como esperando el momento en que yo entrara a lavarme la cara y las manos como hago cada noche al regresar a casa. Extendí la mano hacia la pared para alcanzar el interruptor de la luz y lo accioné varias veces. La luz no encendió. Supuse que la bombilla se habría quemado terminando así con su tiempo de vida útil. Regresé a la cocina para buscar la linterna que guardo en el gabinete del fondo, ese que está incrustado en la pared, cerca del refrigerador; la tomé y volví al cuarto de baño. Pude sentir nuevamente aquella presencia helada que sentí cuando abrí la puerta instantes antes; la percibí incluso sin haber entrado.

Abrí la puerta completamente y encendí la linterna, la luz con que alumbró no fue muy fuerte, pero de algo sirvió. Seguramente las pilas debían estar ya muy gastadas.

A simple vista no se veía nada extraño, no obstante, intuí que algo había detrás de la cortina plástica que cubre el área de la bañera, esa horrible cortina con grandes rombos azules y amarillos que compré por emergencia hace tan sólo unos días. No sabía qué era, pero esa sensación de estar próximo al encuentro de algo desconocido, aceleró repentinamente mi corazón, mi respiración se agitó y una enorme gota de sudor helado resbaló por mi frente. Avancé hacia el interior, muy despacio. En un principio temí que algún ladrón hubiera logrado entrar por la ventanita que da a la terraza, luego recordé que esa ventana está protegida por un balcón de hierro que haría muy complicada la tarea de un ladrón. Aún dudando, con temor, avancé hacia aquella desagradable cortina, la vi y volví a dudar, hasta estuve a punto de ir a la sala para llamar por teléfono a la policía, pero me contuve, me armé de valor y la descorrí violentamente. Lo que vi me dejó perplejo, paralizado, sin habla y sin respiración. A pesar de la poca luz con que la linterna alumbraba el interior del cuarto de baño, pude ver perfectamente aquello: un enorme cubo de hielo que cubría por completo la bañera y en cuyo interior había una mujer congelada que parecía observarme y seguir mis movimientos, amenazante, con esos grandes ojos azules y desorbitados que ahora veo en todas partes. No parecía ser muy vieja, hasta me atrevería a decir que no fue fea mientras vivió, pero esa desnudez tan pálida y esa expresión de terror en su rostro es lo que más me ha mortificado durante las últimas horas. Casualmente, su cara fue lo primero que alumbré con la linterna al descorrer la cortina.

Me he preguntado una y otra vez quién era esa mujer y de dónde pudo haber salido. Y lo que es más, cómo llegó a mi cuarto de baño en ese enorme cubo de hielo. Es imposible que haya pasado por la puerta o que alguien lo haya colocado allí.

No he dormido desde ayer, toda la noche la he pasado en la calle, vagando, sin saber qué hacer, sin dar crédito a eso que está ahora mismo en mi casa. ¡No sé cómo eso fue a dar allí! Lo peor es que hoy por la mañana, cuando regresé a casa, pensando y deseando que todo hubiera sido sólo un mal sueño, o un producto de mi imaginación (qué sé yo), descubrí que todo era real, y que además, el hielo había empezado a derretirse rápidamente. Sé que todo esto es muy extraño, pero... Tienes que verla. Tienes que ayudarme, por favor. No sé que hacer..."

Ante la desesperación de Sam y ante su insistencia, no pude menos que aceptar acompañarlo hasta su casa para ver aquello. Él vivía, entonces, en la *Avenida Sastre,* no muy lejos de donde estábamos. Así que llegamos muy rápido.

En un principio —como te mencioné—, me negué a creer aquella historia. Me parecía que Sam la estaba inventando o alucinando, pero luego me di cuenta de que él no bromeaba, el tono de su voz y el semblante que tenía me decían que hablaba con la verdad, que no estaba inventando aquello.

Al bajar del auto, Sam caminó delante de mí. Visiblemente afectado y temeroso abrió la puerta de entrada. Yo le seguí de cerca hasta el interior de la sala. Al entrar, el olor que poco antes me había descrito se dejó sentir con fuerza. Instintivamente me llevé la mano a la cara para cubrirme la nariz. Seguimos caminando hasta llegar al pasillo. Ahí me percaté de un agua rojiza que cubría el suelo.

—Es el agua del hielo que se ha derretido —dijo Sam, señalando la parte inferior de la puerta del cuarto de baño.

Se detuvo, me miró y me pidió que pasara yo primero. Así lo hice.

Abrí la puerta sin dejar de cubrirme la nariz con la mano y miré hacia el interior. Inmediatamente me di la vuelta y regresé a la sala para evitar vomitar.

Sam y yo salimos de la casa deprisa.

La mujer congelada ya no estaba, pero el hielo se había derretido completamente mezclándose con una masa humana, putrefacta y sanguinolenta que ahora estaba en el piso y de la que sobresalían dos enormes ojos azules.

LA CARTA

Cuando recibí la carta que Sebastián me envió desde Estados Unidos, recordé al profesor Zurita, uno de los mejores maestros que, en su momento, tuvieron a bien compartir conmigo parte de su tiempo y de sus conocimientos, y a quien tuve la suerte de conocer hace ya una buena cantidad de años.

Él es uno de esos docentes que pocas veces tenemos la oportunidad de encontrar, aún en el transcurso de toda una vida estudiantil.

Yo apenas iniciaba el bachillerato. Él ejercía la docencia desde varios años atrás. Era un tipo alto y delgado. Solía llevar una barba mal cuidada (no muy tupida, pero sí bastante crecida, al estilo Che Guevara), que le hacía lucir bastante mayor de lo que realmente era. Siempre vestía pantalones vaqueros y camisas a cuadros, remangadas hasta el codo. Ignoro si vestía así únicamente porque le gustaba o porque había alguna otra razón de la que nunca llegué a enterarme.

Era dueño de una sonrisa franca y pareja, y de una mirada que no esquivaba los ojos de su interlocutor, aunque este le estuviese hablando tonterías. Repetía constantemente frases que entonces me sonaban a filosofía barata, pero que con el correr de los años empecé a hacer mías y a compartir con otros, sin percatarme siquiera de ello: "la vida nos conduce por caminos extraños e inesperados, pero siempre nos lleva a algún lugar", decía.

Hoy, buscando otros documentos, he encontrado aquella carta de Sebastián, misma que daba ya por perdida. Apareció junto a unos libros, fotos y otros papeles poco importantes, dentro de una vieja caja de cartón que descansaba olvidada desde hace varios meses en una esquina del garaje. Alguien de mi familia (ignoro quien), rescató esa caja, y fue precisamente releer esas líneas, lo que me hizo recordar al profesor Zurita y sus frases, frases que ahora juzgo acertadas y aplicables al caso de Sebastián, aunque a primera vista, no lo parezca. Me permito explicar la razón:

Por muchos años me he sentido afortunado de contar con dos magníficos amigos a quienes siempre he tenido en muy alta estima. Ambos están ligados a la carta, aunque de manera distinta: uno la escribió y me la envió. El otro, sin proponérselo y sin saberlo en un principio, pasó a formar parte de la historia que la carta narra.

El primero de estos amigos es Julio, vive en *Palmdale*, un suburbio al Oeste de Los Angeles, en California. Trabaja en asuntos relacionados con la preparación de declaraciones de impuestos y asesorías financieras, en una importante empresa estadounidense que posee gran cantidad de oficinas, estratégicamente distribuidas por todo Estados Unidos y Canadá. Él es gerente de una de esas oficinas en el área donde vive.

El otro es Sebastián, fue quien escribió la carta. Vive aquí en Guatemala, a muy pocas calles de donde vivo yo. Es con quien he tenido oportunidad de compartir más durante los últimos años, dada la cercanía de nuestros mutuos domicilios.

Hace algún tiempo, por motivos de trabajo, Sebastián tuvo que viajar a San Francisco. Pensó que sería una buena oportunidad para darse una escapada a Los Angeles y visitar a Julio, en *Palmdale,* y de paso, conocer un poco esa parte de California en la que nunca antes había estado y en la que, según le habían contado, es igual encontrarse un armenio, un chino, coreano, argentino, mexicano o centroamericano a la vuelta de cualquier esquina, un lugar donde confluye una gran cantidad de nacionalidades que forman una sociedad multicultural que se sigue amalgamando día con día (pero ese es otro asunto).

Sebastián me llamó por teléfono, me dio la noticia de su viaje y me comentó que ya se había puesto de acuerdo con Julio para pasar un par de días en su casa. Ambos estaban contentos por la oportunidad que tendrían de saludarse personalmente y porque podrían ponerse al corriente de los cambios que se habían operado en nuestro círculo de amigos desde que Julio se mudó al extranjero. "No es lo mismo conversar con alguien en persona y explicarle en detalle las cosas (por muy insignificantes que estas sean), que escribir alguna carta de vez en cuando o enviar alguna tarjeta postal para hacerle saber a nuestros amigos que los recordamos", me dijo ese día Sebastián.

Yo le otorgué la razón.

Julio, Sebastián y yo crecimos prácticamente juntos, fuimos a la misma escuela durante la niñez, éramos inseparables en la adolescencia, y aún mayores y habiendo formado hogares propios, continuamos frecuentándonos.

Cuando llegó el día del viaje, no me fue posible ir al aeropuerto para despedir a mi amigo, como era mi deseo. Solamente pude llamarlo al teléfono móvil de Claudia, su esposa, para desearle buen viaje minutos antes de que él abordara el avión. Una fiebre repentina hizo imposible que pudiera levantarme de la cama ese día. Me dolía todo el cuerpo y casi no podía dar paso por la debilidad y el cansancio que el malestar me producía. El médico vino a verme y dijo que, casi con seguridad, aquello era dengue, que necesitaría unos análisis de sangre para estar seguro, pero que con el tratamiento adecuado y unos días de reposo no pasaría a más, pronto estaría bien. Me recetó algún analgésico para el dolor y la fiebre y se marchó, cargando su viejo maletín negro de cuero, como los que solían usar los galenos de antaño. No recuerdo que haya dicho si la enfermedad era contagiosa, pero a juzgar por la rapidez con que se marchó, supuse que lo era. Ahora sé que no lo es, es una enfermedad de origen vírico, análoga a la gripe y transmitida por la picadura de un zancudo hembra. Varios días después, cuando me hube recuperado, recibí una carta urgente de Sebastián. Parecía haberla escrito con cierto descuido y con apuro (o en un momento de bastante nerviosismo, en todo caso. Hubiera sido un poco dificil precisarlo en ese momento). Aunque narraba con suficiente claridad lo ocurrido, lo inverosímil del asunto no dejaba de inquietarme.

Decía seguir en Estados Unidos. La transcribiré aquí, omitiendo el saludo inicial que en este momento resulta realmente irrelevante.

"Amigo mío... Te escribo estas líneas para contarte que sigo en Los Angeles... No sé si hago bien o mal en contarte esto antes que a Claudia, pero la verdad es que no deseo preocuparla, ya sabés cómo es ella, así que por favor, que sea un secreto entre vos y yo, por lo menos hasta que regrese a Guatemala. Ya veré cómo me las arreglo al llegar para contárselo.

Desde mi llegada a san Francisco, y hasta hace pocos días, todo había transcurrido con normalidad. No obstante, de forma inesperada, (e inexplicable), me he visto involucrado en un incidente que aún me tiene desconcertado. Te envío esta carta, justamente, para relatarte lo ocurrido, ya que por momentos creo que lo estoy soñando.

Llegué sin novedad, como estaba previsto. Los asuntos de trabajo que vine a realizar están casi concluidos. Hasta tuve tiempo, en los primeros días, de ir comprando algunos regalos y recuerdos para no hacerlo en el último momento, cuando ya tenga que regresar a casa. Aunque siendo honesto, ahora no sé cuándo me permitirán abandonar el país. Asumo que será cuando concluyan las investigaciones.

Hace pocos días compré un boleto para volar de San Francisco (del aeropuerto de Oakland) a Los Angeles. Julio me sugirió que hiciera coincidir la fecha del viaje con la de la inauguración de la exposición *Los Tesoros del Rey Tutankhamen*, en el museo LACMA, ya que no todos los días se tiene la oportunidad de asistir a una exposición como esa, es más, Julio ya había comprado un par de entradas para que asistiéramos.

El vuelo de San Francisco (Oakland) a Los Angeles fue corto y cómodo, ni siquiera me percaté de cuánto tardamos en arribar al aeropuerto de LAX, creo que fue una hora o tal vez una hora y algunos minutos más, una hora con quince minutos quizás.

Al salir de la terminal y recoger mi maleta, abordé un taxi que me llevó algunas cuadras hasta *Century Boulevard*, no muy lejos, en un área de hoteles cercana al aeropuerto. Allí renté un auto y compré un par de mapas para conducir hasta *Palmdale*. Creí que sería fácil. Además, tenía las indicaciones que Julio me había dado para llegar sin problemas a su casa. ¿Sabés?, No deseo aburrirte contándote todos los detalles de lo que hice y lo que vi mientras conduje, así que me limitaré a referirte lo que sucedió cuando por fin, después de andar conduciendo perdido durante algunas horas, logré encontrar la autopista número 14. Tomé inicialmente la autopista 405, la cual conecta con la interestatal 5. De esta última se desprende la autopista 14, que comienza en un lugar llamado Valle del Antílope, un área medio desértica que lleva a suburbios de Lancaster, Palmdale y otros lugares cercanos. Es una autopista bien señalizada, con tramos relativamente nuevos, desde la cual yo tenía que encontrar una salida que debía conducirme a *Sierra Avenue*, una avenida que estaría a unos veinte o veinticinco minutos más de camino. Sin embargo, por mi obvio desconocimiento de los alrededores y por un error que luego lamentaría, tomé la salida hacia *Sierra Highway*, asumiendo que era la misma "*Sierra*" que yo buscaba.

No era así.

Julio me había dicho que, una vez tomada esa avenida, podría encontrar fácilmente las calles que me llevarían hasta su casa, lo que no me tomaría más de diez o quince minutos. Sin embargo, había transcurrido ya media hora desde el momento en que abandoné la autopista. Las indicaciones que él me había dado parecían no estar en lo correcto (o como era más probable, yo estaba muy equivocado). Por ningún lado aparecían los puntos de referencia que supuestamente harían más fácil mi orientación; pero seguí adelante. Pocos minutos después, sin que me diera cuenta, aquel amplio y moderno boulevard de dos carriles por lado, se convirtió en una modesta calle con únicamente dos vías angostas: una de ida y otra de regreso. Las residencias se fueron haciendo cada vez más escasas, hasta que no hubo ninguna. La carretera se hizo cada vez más rural y estrecha. Pude verla desaparecer ante mis ojos, serpenteando por entre las colinas cercanas. Pensé detenerme para preguntarle a alguien o buscar algún teléfono público para llamar a Julio, pero ni una ni otra cosa apareció en el camino. Tenía entonces dos opciones: regresar por donde había venido hasta encontrar la autopista nuevamente, y desde ahí reiniciar la búsqueda de la avenida (con lo cual perdería minutos que ya eran escasos a mis propósitos), o arriesgarme y seguir adelante para descubrir hasta dónde me llevaría aquella pintoresca carretera, ahora convertida en un desolado y polvoriento camino de terracería. Aún dudando, opté por la segunda opción, creyendo que pronto encontraría una salida.

Uno o dos kilómetros adelante, el motor del auto empezó a sobrecalentarse, la aguja del medidor de temperatura subió abruptamente y un humillo blanco se dejó ver saliendo por la parte del frente. Me pareció muy extraño, el auto era nuevo y cuando me lo entregaron en la oficina donde lo renté, me garantizaron que no tendría ningún problema, que estaba en perfectas condiciones. He de confesar que me alarmé un poco al sentirme en medio de la nada, sin teléfono y sin prospectos de auxilio.

Aquella idea de llegar a casa de Julio por mis propios medios, empezaba a parecerme descabellada, absurda, sobre todo porque Julio se había ofrecido para ir por mí al aeropuerto, lo cual juzgué una molestia innecesaria de su parte dado que para él era un día laboral. Además, cuán sencillo hubiera sido, en todo caso, buscar un café internet en las cercanías del aeropuerto e imprimir un mapa detallado con todas las indicaciones correspondientes o rentar un automóvil con GPS y evitarme tanto contratiempo y sobresalto.

A lo lejos, lo que parecía ser un viejo restaurante, se convirtió de pronto en mi oasis de salvación (eso creí). Un sonido, especie de borboteo, como de jarrilla hirviendo, salía del motor del auto cuando me detuve y lo apagué, justo enfrente de aquel lugar.

El sitio estaba desierto, parecía abandonado, como sacado de una vieja película de vaqueros. Hasta tenía en la entrada un par de esas pequeñas puertas batientes con resorte que cuando uno entra y las empuja, vuelven solas, violentamente, a su posición original, como en las cantinas de esos filmes con historias al estilo Viejo Oeste, que ya casi no se ven. Destapé el motor del auto para ayudar a que se enfriara más rápidamente y me dispuse a buscar un poco de agua.

—*What do you want?* —Dijo inesperadamente una voz femenina a mis espaldas, mientras me remangaba la camisa. Me di la vuelta. Una anciana hirsuta había salido quién sabe de dónde. Mascaba algo que supuse era tabaco y me apuntaba con un curioso rifle de cañón tan delgado que hasta parecía de juguete.

Me quedé frío.

—¿Me puede regalar un poco de agua? —Pregunté, nervioso.

—*What do you want?* —Repitió la anciana, molesta, escupiendo el tabaco, levantando el arma y apuntando en dirección a mi cabeza.

Instintivamente levanté las manos y empecé a chapurrear un inglés entrecortado.

—*So... Sorry, sorry... I just need some water... My car...*

Volví la vista en dirección al auto, sin bajar las manos, tratando de que ella supiera la razón de mi presencia en el lugar. No recuerdo exactamente lo que me contestó, pero pude entender que dijo algo como: "qué diablos es eso", lo cual no dejó de sorprenderme. No supe qué decir. En un intento por parecer amigable y cortés, di un paso al frente y extendí la mano derecha para saludarla (craso error). Una pequeña lengua de fuego salió por el cañón del arma y me hizo perder el equilibrio, provocando que cayera de espaldas. Una leve sensación, mezcla de dolor y escozor se incrustó inesperadamente en mi hombro izquierdo.

Con la mano que segundos antes le había ofrecido a la anciana, me toqué la herida caliente. Empezaba a sangrar. Me incorporé trabajosamente mientras escuchaba el sonido del arma cuya propietaria intentaba dispararme nuevamente, pero el percutor se atoró y no logró que el rifle se accionara. Pude sentir cómo perdía control sobre mi vejiga que había venido presionada desde hacía rato. Un calorcillo húmedo recorrió rápidamente mis piernas hasta mojar vergonzosamente mis zapatos.

—¡Lárguese de aquí! —Entendí que dijo, siempre en inglés.

Salí corriendo de aquel lugar, dejando atrás el auto y las cosas que llevaba, incluso mi pasaporte. Otro disparo sonó, pero no alcanzó a darme. Pude escuchar a la anciana gritando lo que parecían ser maldiciones y repitiéndolas una y otra vez.

Corrí, corrí, corrí sin detenerme , hasta que los pies me dolieron y no pude dar un paso más. Me sentí extrañamente mareado. El cielo se me oscureció de pronto y sentí que todo empezaba a girar violentamente. Fue cuando me desmayé, a la orilla de aquel polvoriento camino.

Hoy he despertado por segundo día consecutivo, en la cama de un hospital. Me han extraído la bala del hombro y tengo algunas contusiones leves en la cara, debí de habérmelas ocasionado al caer desmayado, nada serio en realidad, es más, mi condición no amerita que esté internado, pero hoy me ha comunicado muy temprano un oficial de policía (latino, pero con una muy mala pronunciación del castellano), que todavía no me dan de alta debido a las circunstancias: se me acusa de robar un auto (el que renté), mismo que no ha podido ser localizado. Creo que me darán un abogado de la defensa pública para llevar mi caso si se complica. Por otro lado, la herida en mi hombro ha llamado especial atención de las autoridades.

Al enterarme de esto último que te estoy contando, le he pedido a una enfermera filipina, muy amable, que me consiguiera papel y un bolígrafo para escribirte esta carta, luego le pediré que me ayude nuevamente poniéndola en el correo urgente, si es que no puedo llamarte o escribirte un *e-mail* antes, ya que en este momento no tengo acceso a llamadas internacionales ni a Internet para comunicarme con mayor rapidez.

Ayer por la mañana, poco después de comer el panecillo con mermelada que me dieron con el desayuno, y sin saber aún cómo he llegado hasta aquí, me permitieron hacer una llamada telefónica local. Llamé a Julio para contarle lo sucedido y para pedirle ayuda. Vino pronto a verme. Estaba ya bastante preocupado por no tener noticias mías, afortunadamente no quiso llamar a

Claudia para preguntarle por mí, si lo hubiera hecho, quizá el asunto se habría complicado más. De hecho, entre ayer y hoy, Julio ha venido ya varias veces. La primera vez le narré todo lo que pude recordar; prometió dar aviso al Consulado para solicitar apoyo ante cualquier eventualidad, así como buscar el auto para devolverlo a la empresa que me lo rentó. Sin embargo, hace un rato vino nuevamente y me aseguró haber recorrido sin éxito, una y otra vez, la misma calle que yo le indiqué. No ha localizado el *restaurante* abandonado donde sucedió todo, aparentemente no existe. La calle, dice, no es como yo se la he descrito, no ha logrado encontrar ningún camino polvoriento. Me ha pedido que trate de recordar por si acaso me hubiera confundido en la descripción de los hechos y lugares, pero estoy seguro de lo que viví, no estoy loco.

Como si fuera poco, el médico que me atendió ha venido nuevamente a preguntarme (por quinta o sexta vez), cómo pudo llegar hasta mi hombro una bala que, según han informado los expertos en balística de la policía, dejó de fabricarse hace más de un siglo. Hoy día las armas que alguna vez dispararon esas balas, son realmente raras, y se encuentran solamente en una que otra colección privada y en un par de museos de historia estadounidense".

EL TIMBRE DEL TELÉFONO

Eran poco más de las diez de la noche. Sentado en su cómodo sillón de cuero café, leía, embelesado, la novela que le había obsequiado pocos días antes Hermino Lara, uno de los jueces de línea que le asistieron en su tarea la tarde anterior.

Una hora antes, había estado revisando su desempeño en el último partido del campeonato. Siempre veía cada partido en video. Su esposa se los grababa, cada domingo, para que él pudiera verlos después en la comodidad de su estudio, sentado en ese sillón en el que ahora se encontraba, en esa pequeña habitación con ventana al jardín que daba al fondo de la casa y que él había mandado acondiconar con tales propósitos. Esta vez no podría haber sido la excepción.

Poco antes de salir a casa de sus padres (como cada fin de semana), la esposa dejó sobre el escritorio, el disco con la grabación del partido, junto a la nota de costumbre en la que le avisaba que la comida estaba caliente y tapada, en el horno.

Afuera, la calle solitaria y oscura, veía pasar una y otra vez, de un lado para otro, un perro flaco al que la luz de la luna llena hacía parecer más bien un lobo estepario sin manada. Hacía días que ese perro rondaba el lugar.

A lo lejos, la sirena dilacerante de una ambulancia presurosa, hacía imaginar cualquier desgracia, sin embargo, él no prestaba atención a nada más que no fuera su libro. Estaba inmerso en la historia. Estaba tan absorto en la lectura, que ni siquiera recordó sacar del horno la comida para cenar.

El timbre del teléfono sonó de pronto, inesperado. Él se asustó, pero se quedó inmóvil, con la vista clavada en el libro, con los ojos abiertos y grandes como platos. Sin saber si aún estaba sentado en su sillón de cuero café o si por alguna extraña razón desconocida, caminaba junto al perro flaco aquel de su calle.

El timbre del teléfono volvió a sonar. Y siguió sonando: era Hermino Lara que deseaba preguntarle si le había gustado el libro.

Nadie respondió. Él ya no escuchaba. Su corazón se había detenido de pronto. De una forma tan inesperada como inesperado puede ser... Un gol.

Era árbitro de fútbol... Y le llegó la muerte súbita.

EL ESPEJO

Daniel se levantó temprano y se duchó deprisa, como de costumbre. A pesar de haber estado de fiesta hasta pasada la media noche del día anterior, con aquél célebre grupúsculo de *camaradas neorrevolucionarios* en el que se habían convertido él y sus compañeros universitarios desde que empezaron a formar el partido político estudiantil que ahora les ocupaba.

Aquella noche, habían estado bebiendo algunas cervezas. Ellos preferían envases de un litro — para que abunde —, decían.

Se habían reunido, como cada viernes, en aquel bar mal llamado El Tronco, a muy pocos pasos del Periférico y muy cerca a la salida de la universidad. Allí solían escuchar a la banda del lugar que, cada fin de semana, después de las diez de la noche, interpretaba rock español y argentino (y a veces hasta una que otra canción en un bastante mal pronunciado inglés).

Después de la ducha, Daniel buscó la espuma de afeitar y una de las rasuradoras descartables nuevas que había colocado un par de días antes en el botiquín del cuarto de baño. Abrió uno de los grifos del lavabo y observó cómo el agua empezaba a caer, tibia, chocando rítmicamente contra la porcelana. Mojó su cara y empezó a esparcir la espuma de afeitar por toda la barba. No deseaba ir a trabajar, lo tenía claro. El efecto de la resaca hacía estragos en él y hasta le había hecho olvidar que, horas antes, en la madrugada, cuando Paco lo llevaba a casa en su Toyota blanco (que bien pudo ser Ford, Subaru, Datsun o cualquier otra marca, que de todas formas lo habría visto igual, dado el estado etílico en que se encontraba), tuvo que abrir, apresuradamente, la ventanilla del asiento trasero en el que viajaba, para ver escapar, con el más grande dolor de su corazón, la mitad de su vida, dejando una alfombra húmeda, pastosa y mal oliente por un considerable tramo de la (a esa hora desolada) Avenida Petapa.

Daniel se sentía tan mal que hasta estuvo considerando llamar a la oficina inventando alguna excusa para quedarse en casa, "podría decir que amanecí enfermo, o que surgió alguna emergencia familiar", pensó. "La gente siempre inventa cosas para no ir a trabajar. Me gustaría desaparecer y olvidarme del mundo y de este maldito dolor de cabeza, una semana cuando menos, de todos modos, hoy es sábado y sólo tengo que trabajar medio día".

Terminó de cubrir su barba con la espuma y empezó a afeitarse. El espejo estaba empañado por el vapor del agua caliente y él no podía ver con claridad su imagen. Pasó la mano sobre el cristal para limpiar las diminutas burbujas de agua que no le permitían ver bien. Repentinamente, al mismo tiempo que pasaba la mano sobre aquella superficie azogada, sintió una extraña sensación de hormigueo que inesperadamente recorrió con violencia su cuerpo de pies a cabeza, como cuando sin querer se mete accidentalmente un dedo en algún tomacorriente y nos vemos víctimas de una leve descarga eléctrica. Se miró fijamente en el espejo y sin dar crédito, observó sorprendido cómo su imagen le sonreía burlonamente, a pesar de que él no estaba sonriendo.

"¡Qué diablos!" Exclamó para sí, acercándose un poco más al cristal, como tratando de encontrar una explicación razonable al asunto: todo parecía normal.

Continuó afeitándose. De pronto, tuvo la impresión de encontrarse más lejos del espejo que al principio. Nervioso, se inclinó acercándose un poco más, pero se llevó un susto mayúsculo cuando vio que su imagen daba un paso atrás (a pesar de que él se había acercado al espejo).

"¡Esto es imposible!" Dijo en voz alta, retirándose un poco y tratando de convencerse de que aquello era tan sólo una ilusión, un desafortunado efecto de la resaca. Pero tan pronto como terminó de pronunciar esas palabras, su imagen en el espejó prorrumpió en carcajadas. Aterrado, retrocedió violentamente hasta quedar con la espalda pegada a la pared, justo a la par del retrete. Inmóvil, perplejo y con los ojos desorbitados, sin saber si era mejor salir corriendo del cuarto de baño o quedarse allí, de pie, con la espalda pegada a la pared.

Cerró los ojos y dejó pasar unos segundos. Al abrirlos, todo parecía normal. Caminó lento y tembloroso hacia el espejo, lo vio de cerca, examinó cada esquina del cristal y miró hacia los lados. No encontró nada que pudiera indicar algo sobrenatural o fenomenológico. Muy despacio y temeroso colocó su mano derecha sobre el espejo.

Nada sucedió.

"No puede ser que aún esté así de borracho", se reprochó. Cerró los ojos de nuevo un instante, sin retirar la mano del espejo, como tratando de convencerse de que estaba soñando. Al abrirlos nuevamente, no había imagen suya en el espejo. Podía ver todo lo que el espejo reflejaba: el cuadrito con la imitación de *Starrynight* de Van Gogh en la pared, el retrete, la puerta abierta. Pero no podía verse a sí mismo ahí. Asustado, retrocedió a trompicones hasta la puerta, tratando de alejarse de aquella pesadilla, sintiendo con más intensidad el hormigueo que poco antes recorriera como latigazo todo su cuerpo.

Convencido de que se estaba volviendo loco, y en un afán por aliviar aquella picazón que le afectaba, frotó sus manos con fuerza. Aterrado vio cómo estas empezaron a volatilizarse, a convertirse en aire, a transformarse en nada. Quiso salir corriendo, pero al intentarlo, sus pies no le respondieron, también empezaron a esfumarse. Entonces pudo notar que, a medida que el hormigueo avanzaba por alguna parte de su cuerpo, esta iba lentamente desapareciendo. Incapaz de hacer algo, incapaz ya de pensar o de realizar cualquier movimiento se vio desaparecer totalmente hasta perder la conciencia.

Hoy, Daniel se levantó temprano, como de costumbre, se duchó deprisa y buscó la espuma de afeitar y una de las rasuradoras descartables nuevas que había colocado un par de días antes en el botiquín de su cuarto de baño. Recordó un extraño sueño, pero sonriendo se convenció a sí mismo de que aquello había sido solamente eso, un sueño... Un mal sueño.

Después de realizar la rutina de cada mañana, emprendió la marcha hacia la oficina. Estaba animado porque era sábado y tendría que trabajar únicamente medio día.

Caminó por las mismas calles, vio al mismo vendedor de periódicos, se detuvo en el mismo McDonalds a comprar una taza de café como todos los días.

Al llegar, saludó a todos, como solía hacerlo habitualmente. Y se puso a trabajar.

—¡Daniel! —Le llamó cinco minutos más tarde una de las secretarias que se acercó hasta donde él estaba—. El jefe desea hablarle. Está molesto y quiere saber por qué no avisó usted que faltaría toda una semana. Le estuvimos llamando porque creimos que estaba enfermo pero nadie nos contestó. ¿Acaso no escuchó los mensajes que dejamos en su máquina contestadora? Pero... ¿Se siente bien? Se ha puesto pálido de pronto. Debería verse en un espejo.

UN COMPAÑERO INESPERADO

Llegué poco antes de las diez de la noche al edificio en donde soy velador. No había novedades ni cambios en las actividades, excepto, la visita de un amigo de mi compañero de trabajo, quien, a decir verdad, no fue de mi agrado cuando este me lo presentó. Se llamaba Facundo.

Creo que rondaría los cincuenta años. Era flaco y alto, medio canoso y con un fuerte olor a aserrín que se propagó rápidamente por toda la recepción del edificio. Seguramente trabajaba en una carpintería o en un aserradero, o en algo parecido.

En un principio no quise prestarle mucha atención, y sin saber realmente por qué, su presencia llegó incluso a molestarme, no lo disimulé, pero tampoco creo haber sido falto de cortesía con él en ningún momento, no obstante, él parecía esforzarse por ser agradable conmigo.

Me dirigí al escritorio y me dispuse a leer el periódico del día, aún y cuando ya sabía muchas de las noticias con que me iba a encontrar en sus páginas.

No logré leer mayor cosa.

El amigo de mi compañero hablaba tan fuerte al contarle sus historias y andanzas que impedía mi concentración. Sin embargo, poco a poco y sin darme cuenta, me fui interesando por algo de lo que contaba:

"Era una fría noche a principios de noviembre —dijo—, primer día de noviembre para ser más exacto. Hará unos veinte o veinticinco años ya de eso.

Por esa época, yo solía trasnochar constantemente. No sé realmente qué hora sería cuando me sucedió aquello, pero creo que pudo ser alrededor de la una o dos de la madrugada. Había bebido unas copas de más y no me quedaba dinero para pagar un taxi. Tampoco tenía un lugar cercano donde pudiera esperar el amanecer, y como en la madrugada es imposible encontrar un autobús (sobre todo en esa época), decidí caminar a casa intentando recorrer la ruta más corta, sin embargo, no sé ni por qué razón tomé esa ruta, pero en fin.

Al llegar al edificio de la Tipografía Nacional, me despedí de Armando (El Ratón); Ramiro, a quien llamábamos El Hombre de Negro o *Degrone* (demás está decir que siempre vestía de negro) y de Rossi, el único a quien llamábamos por su apellido y no por un apodo, ahora no recuerdo su nombre de pila, pero sí recuerdo que Rossi siempre me había parecido un nombre de mujer, más que un apellido, aunque él aseguraba que era un apellido de origen italiano, quién sabe.

Pero bueno, no quiero desviarme de lo que les estoy contando —dijo, incluyéndome en la conversación o en lo que seguramente él consideraba su auditorio, su diminuto auditorio de dos personas.

Caminé desde la Tipografía hacia la Avenida Bolívar —continuó—, luego tomé la 20 calle hasta dar con la Avenida del Cementerio. Desde ahí buscaría llegar al Trébol y posteriormente caminaría por toda la Calzada Roosevelt hasta llegar a la Colonia Carabanchel, mi destino. He de ser honesto en reconocer que nunca había tenido ningún problema con asaltantes o con... Bueno, ustedes saben, esa parte de la ciudad nunca ha tenido muy buena reputación que se diga, pero de alguna manera tenía que llegar a casa.

La ruta completa la pensé mientras recorría el trayecto de la Avenida Bolívar a la Avenida del Cementerio.

Las calles estaban desoladas y el viento soplaba helado, no con mucha fuerza, pero sí bastante helado.

Al llegar a una esquina, me sobresalté al topar, inesperadamente, con un señor que, al igual que yo, pareció sorprendido. Amablemente me saludó y se disculpó.

—Buenas noches —dijo—, disculpe usted. Aunque como ya pasa de media noche, creo que sería más apropiado decir, buenos días, ¿verdad?

—Eso creo, —contesté, tratando de no tambalearme.

—¿Camina usted a menudo por estas calles? —Me preguntó.

—No —respondí, parco.

—Yo voy por aquí cerca.

—Yo a la colonia Carabanchel —dije, reparando en que él no me lo había preguntado.

—¡Que coincidencia! Toda mi familia vive por ese rumbo desde hace..., bastantes años.

Calló un instante y luego sonrió extrañamente, como recordando épocas lejanas. Yo, sin dejar de caminar, encendí el último cigarrillo que me quedaba y que llevaba en la pequeña bolsa de mi camisa. Buscaba disimular mi embriaguez. Los minutos empezaron a transcurrir lentamente y la charla se fue prolongando sin que me diera cuenta. Mi inesperado compañero y yo caminamos durante varias calles y, aunque en un principio tuve alguna desconfianza de él, poco a poco fui aceptando que no era tan mala idea tener a alguien con quién caminar, incluso para hacer un poco más seguro el trayecto. Los diálogos se fueron sucediendo uno tras otro y hasta podría decir que le fui tomando cierta confianza al desconocido. Le conté algunas cosas y él me contó unas tantas más.

Una leve brisa empezó de pronto a caer, fría, constante, inesperada, mientras unos perros ladraban melancólicos a lo lejos.

—¡Esos perros! —Volvió a hablar—, siempre los escucho a esta hora, cuando salgo a caminar.

—¿A caminar? ¿Por placer? ¿A esta hora? —Pregunté, creyendo que no había escuchado bien.

—Son varias preguntas en una sola, mi distinguido amigo. Pero sí, escuchó usted bien. Suelo caminar y recorrer estas mismas calles cada noche, a la misma hora, desde hace años.

Cómo es posible que a alguien le guste salir a caminar a estas horas —pensé—, seguramente este pobre hombre está loco. Disimuladamente lo observé de reojo y noté que vestía impecablemente, de lo cual no me había fijado hasta entonces: pantalones holgados y oscuros, camisa blanca, corbata delgada a rayas; no llevaba suéter ni saco alguno, a pesar de que hacía frío. Su vestimenta estaba impoluta, como recién planchada, hasta parecía que la fina lluvia que minutos antes había empezado a caer no lo mojaba. No sé por qué, pero eso me hizo recordar aquel día cuando era niño y vivía en el barrio Gerona de la zona uno. Fui con mis amigos de la escuela a buscar renacuajos al ojo de agua que entonces había en uno de los barrancos cercanos. Pretendíamos conservar en frascos con agua algunos ejemplares de esos diminutos animales para ver el proceso de la metamorfosis en las ranas, pero los renacuajos fueron muriendo uno a uno en pocos días; luego alguien me dijo que habían muerto por el cloro en el agua en la que los había colocado; como ustedes saben, las fuentes naturales y los nacimientos de agua no tienen cloro —nos indicó—, el *experimento* no se logró.

Figúrense ustedes, ese día, con la inconciencia y despreocupación que dan los doce o trece años, mis amigos y yo no nos percatamos de que empezaba a llover. Tres mocosos corriendo en calzoncillos tras aquellas pequeñas presas que no querían dejarse atrapar. La lluvia caía sobre nuestras espaldas y sobre la hierba que rodeaba el ojo de agua, y ese olor a tierra mojada y vegetación que llegaba de todas partes invadiendo rápida y gratamente nuestros pulmones. Por cierto, a todos mis compañeros de esa época no los he vuelto a ver. No he vuelto a saber de ellos desde hace mucho tiempo, en verdad...

Hizo una breve pausa antes de retomar la narración.

—Diculpe usted que lo distraiga de sus recuerdos de infancia —dijo de pronto mi acompañante—, y disculpe que no lo acompañe más, pero mi hogar está justo enfrente —señaló con una máno extremadamente pálida y delgada la entrada principal del cementerio.

—¿Acaso vive usted en el cementerio? —Pregunté sarcástico y medio en broma, al tiempo que salía de mis recuerdos y sorprendido por cómo él sabía que yo estaba recordando justamente esa época de mi vida.

—Aquí mismo vivo desde hace años.

Definitivamente este pobre hombre está loco, pensé nuevamente.

Lo vi caminar lento, rumbo al portón de entrada.

—¿Puedo hacerle una última pregunta antes de que entre en *su casa*? —Inquirí, aún incrédulo.

—Las que quiera amigo Facundo, las que usted quiera —ofreció afable.

—¿No le parece tétrico el trabajo de enterrador o velador en un cementerio? —Le pregunté, con la certeza de que en ningún momento le había dicho mi nombre.

—A decir verdad —sentenció—, alguien tiene que hacer esos trabajos, pero yo no soy ni el enterrador ni el guardián. Tan sólo vivo aquí.

—¿Y no le produce miedo entrar en un cementerio a esta hora de la madrugada? —Volví a preguntar.

—Debo confesarle, amigo mío, que ciertamente me daba miedo, antes.

Hizo una larga pausa y caminó lentamente de regreso hasta donde yo me encontraba.

Lo vi sonreir, mientras ponía aquella mano pálida y huesuda sobre mi hombro.

DE MADERA Y CUERDAS

Siempre me ha gustado la música, especialmente la instrumental y la de los grandes compositores clásicos. Pero en esa ocasión, lamenté mucho que me despertara una destemplada versión de *Clair de Lune* de Debussy. Sentí que los martillos del piano pegaban en mi cabeza y no en las cuerdas que hacían sonar aquel instrumento de teclas blancas y negras. Lo único que yo deseaba era dormir.

Al salir de trabajar, después de una larga jornada nocturna, tuve que correr nuevamente para alcanzar el autobús que suele detenerse justo en la esquina del edificio donde yo trabajo. Lo abordé, aún agitado por la breve carrera, y me senté en la primera fila, que a esa hora de la mañana, como cosa extraña, venía vacía. Empecé a cabecear casi instantáneamente, dominado por el dulce efecto de la droga que me inyectaba Morfeo.

Al llegar a la esquina de La Brea y Tercera, hice el trasbordo pertinente, esta vez, contrario a la noche anterior, hacia el Este, con rumbo a la calle *Saint Andrews*, mi calle. Al entrar en mi apartamento eran casi las ocho de la mañana. Me lancé a la cama sin quitarme siquiera los zapatos y me quedé dormido inmediatamente. Una media hora más tarde, escuché sonar el piano de mi vecino, un coreano que se empeña en ver en su hijo, cualidades de un Beethoven o un Mozzart muy lejanos a la realidad del talento del muchacho.

Me levanté medio adormilado y me acerqué a la ventana para gritar que por favor silenciaran ese piano. El piano cesó abruptamente, y yo, sin pensarlo dos veces, me dejé caer nuevamente en la cama. Segundos más tarde, aquella música de notas mal ejecutadas, reinició con mayor ímpetu. Pensé en ir a casa de mis padres y tratar de dormir un poco allá, pero me arrepentí de inmediato. Llegar hasta donde mis padres viven me tomaría al menos treinta o tal vez cuarenta minutos, y para mis propósitos, ese ya sería demasiado tiempo perdido. Además, sus dos perros suelen ladrar sin descanso cada vez que alguien llega, lo cual, para mí, sería otro obstáculo en mi intento por conciliar el sueño.

No tuve otra opción mejor que cubrirme la cabeza con una almohada y hacer caso omiso del despiadado pianista que horadaba mis oidos.

Cuando yo era niño, recuerdo que llegó a Guatemala un pianista, por aquellos días muy conocido, creo que es francés, de apellido Clayderman. He olvidado en dónde ofreció su recital, pero bien pudo haber sido en el Teatro Nacional Miguel Ángel Asturias o en un salón de algún hotel de lujo. No lo recuerdo. Lo que sí recuerdo muy bien son los anuncios de televisión en los que él aparecía ejecutando no sé qué melodía en un piano blanco, entre velos blancos que eran agitados por la brisa en una playa de arenas blancas. Él también vestía de blanco. El único elemento en aquellos anuncios que recuerdo de otro color, era el agua del océano, que al fondo se veía de un azul turquesa muy intenso.

Por entonces, la única playa que yo tuve oportunidad de concocer en Guatemala es la del Puerto de San José, cuya arena es de origen volcánico, de color negro o gris muy oscuro y no blanca como la de los anuncios de Clayderman. Tal vez por eso recuerdo tan vívidamente esos anuncios.

Ahora que lo pienso, de niño y aún siendo ya un adolescente, siempre (o casi siempre), tuve alguna relación con la música.

En una ocasión (yo tendría unos quince o dieciséis años), fui a ver la puesta en escena de una obra de teatro de admisión gratuita y cuya trama debíamos discutir, o al menos comentar, en la escuela al día siguiente. La presentaron en el Paraninfo Universitario, en la segunda avenida, entre doce y trece calles de la zona uno.

Al concluir la presentación, me dirigí al centro de la ciudad, caminando por toda la once calle. Justo en el número 2-43 de esa calle, se localizaban los estudios de la otrora Radio Festival.

Una enorme cara feliz de color amarillo en la pared, y un pequeño rótulo blanco, colgando en la parte superior de la puerta de entrada, daban la bienvenida a los visitantes.

Ya en el interior, desde el lobby, se podía ver hacia la cabina de locución a través de una enorme ventana de cristales dobles, que había sido acondicionada adecuadamente, para evitar filtraciones de sonido desde el exterior.

Como empezaba a llover levemente y atraído por la novedad de conocer un estudio radial, entré y me paré frente a la ventana para observar todas las maniobras que el operador debía realizar para mantener la estación al aire. Aquello me parecía fascinante. Hasta llegué a considerar a aquel individuo (de quien supe luego se llamaba *Herold*, aunque todos le decían Harold), un verdadero pulpo humano: contestaba el teléfono al mismo tiempo que seleccionaba una canción en alguno de aquellos viejos discos de vinilo; colocaba los cartuchos de los anuncios en orden cada quince o veinte minutos para irlos pasando, uno a uno, por las (hoy en día obsoletas) cartucheras; hacía anotaciones en un cuaderno; volvía a contestar el teléfono; volvía a anotar alguna solicitud de algún radioescucha, y así, sucesivamente por tres o cuatro horas seguidas, que era el tiempo que duraba su turno.

Creo que ahora todo ese quehacer es mucho más sofisticado, pero en cierto modo, más sencillo al mismo tiempo: una computadora y un software apropiado para radio.

Al día siguiente volví a la misma hora. Y me paré de nuevo frente a la ventana, no alcanzaba a escuchar los diálogos o la música que sonaba adentro, pero me pareció que estaban entrevistando a un cantante local muy conocido por esos días, yo lo había visto por televisión algunas veces y hasta aposté por él cuando, meses antes, lo vi participar en un Festival OTI. Luego supe que él era coanimador del programa en el que estaba cuando llegué ese día y lo vi en persona por primera vez. Era un programa dedicado exclusivamente a cantantes nacionales, creo que se llamaba Escenario, y el cantante se llamaba Daniel. No he vuelto a saber de él ni a escuchar una sola de sus canciones desde que me mudé a Los Angeles.

No podía creer, entonces, que yo estuviera entrando de esa forma en el mundo de la radio. Ya había empezado a conocer artistas y locutores famosos, y eso, según yo, era sólo el principio.

Una tarde, al concluir Escenario, le pregunté a Daniel, abusando de su tiempo y su *amabilidad*, si podría enseñarme algunos puntos de guitarra. Me contestó que sí, pero que yo tendría que traer mi propia guitarra, ya que para él era molesto cargar con la suya de arriba para abajo si sólo la iba a utilizar un momento. Asentí y le di las gracias. Luego, desconocedor de las calidades y precios de un instrumento musical de aquellos, me fui, tan rápido como pude, al mercado La Placita, donde alguien (he ovidado quien), me había dicho que podía encontrar guitarras a buen precio. En efecto, por unos cuantos billetes compré una que hasta tenía una cinta de tela típica atada cerca de las clavijas y que hacía las veces de soporte al colgarla en el clavo de alguna pared.

Con mucha ilusión, propia de la edad que entonces tenía y por mi deseo de aprender a ejecutar algo en una guitarra, la llevé a la estación de radio durante la siguiente emisión de Escenario. Daniel no llegó ese día. Me vi forzado a dejar la guitarra en la cabina de locución durante dos semanas, hasta que Daniel apareció de nuevo por allí.

Al entrar, vio mi guitarra sobre la alfombra, recostada en la pared del fondo. Se volvió hacia mí y se sonrió. Por un instante me vi en un gran teatro, tocando ante cientos de espectadores como todo un Otmar Liebert.

Tomé la guitarra y fui a ponerla en sus manos. Pensé que diría algo como: "bonita guitarra" o algo como "empecemos con un do", o al menos preguntara por el precio que había pagado por ella. Pero lo que dijo fue algo distinto, algo que me hizo sentir humillado y que provocó que jamás volviera a descolgar la guitarra de la pared donde la colgué al volver a casa:

—¿Esto es una guitarra? —Preguntó con desprecio, luego dijo: esto no sirve, esto es... Una basura.

Acto seguido se echó a reír a carcajadas y me la devolvió.

Así las cosas.

Esa tarde salí de la estación de radio sin despedirme de nadie, desolado, humillado y con mi basura de madera y cuerdas al hombro.

EL AUTOBÚS

Fue hace ya un buen tiempo, y aún así, recuerdo perfectamente lo que dijo aquella mujer cuyo destino era cruzarse en mi camino por un rato esa tarde (o el mío cruzarme en el camino de ella por un rato, quién sabe).

Lo recuerdo como si hubiera sido ayer. Como si esas dos desafortunadas palabras las hubiera dicho más bien para mí.

Eran pasadas las cuatro. Ese día llegué más temprano que de costumbre al lugar donde suelo abordar el autobús de vuelta a casa todos los días. Normalmente llego pasadas las cinco. Era lunes, muy cerca de la Navidad. No había tenido muy buen día y además, esas desagradables y repetidas mordidas en el estómago me hacían recordar inevitablemente que no había comido nada desde la rosquilla y el café de la mañana.

La tarde estaba nublada. Me senté en una de esas bancas nuevas que habían instalado semanas atrás en algunas paradas de autobús. Observé la calzada. Los automóviles pasaban veloces, la gente iba y venía, unos cruzaban por la pasarela, despreocupados (o preocupados, quién sabe, la verdad es que sería un poco difícil precisarlo sin al menos ver un poco más de cerca sus rostros); otros corrían presurosos, buscando y comprando algo en las ventas navideñas cercanas, en los campos del Roosevelt, como cada fin de año.

Del otro lado de la calzada, una pequeña fila, con no más de seis o siete personas, se dejaba ver saliendo de la agencia bancaria que quedaba justo enfrente. De este lado, al igual que yo, algunos pocos más esperaban algún autobús.

A mi izquierda, un muchacho al que calculé veintitantos años, ocupaba el otro extremo de la banca: negra melena enmarañada, cejas pobladas, nariz grande, sonrisa y mirada extrañas. Calzaba unas viejas botas de cuero y vestía totalmente de gris.

Un vendedor de periódicos se acercó y me ofreció un diario vespertino, en un principio lo rechacé, sin embargo, cuando el vendedor se retiraba, decidí comprar un ejemplar de *La Hora* para leer algo mientras esperaba el autobús. El joven boceador, sorprendido por mi abrupto cambio de parecer, se apresuró a decir, mientras me entregaba el diario: "es uno cincuenta, don". Le pagué y empecé rápidamente a leer los encabezados de algunas noticias internacionales: *"Evitan huelga de transporte público en New York"; "Policía dispersa con gases y perdigones de goma a opositores en Caracas"; "Partido oficial justifica incremento presupuestario a Congreso de Guatemala"*.

De pronto, algo me desconcertó y me hizo dejar la lectura: el muchacho a mi izquierda golpeaba sus rodillas con las palmas de sus manos extendidas. Tarareaba algo que sonaba como una indescifrable canción infantil (obviamente desconocida para mí), y parecía no darse cuenta de que yo lo observaba con sorpresa. Casi al mismo tiempo, me percaté de la presencia de una mujer un tanto obesa, bastante mayor y vestida de negro, que estaba de pie a unos pocos pasos de la banca, muy cerca al muchacho. Sacó una bolsa de papel de un maletín de lona azul que llevaba al hombro y, sin quitarme la vista de encima, se la entregó al muchacho. Este, a pesar de su notoria emoción, la recibió sin decir palabra alguna, la colocó sobre sus piernas juntas, la abrió y observó el contenido; luego de unos instantes en los que me pareció indeciso, extrajo un pequeño paquete de galletas de cuyo envoltorio le costó mucho trabajo deshacerse, las disfrutó de manera muy evidente y su sonrisa y mirada extrañas fueron mucho más extrañas por momentos.

Con la bolsa de papel en sus piernas y con restos de galleta en las manos, empezó a aplaudir, lo hizo varias veces. Yo, sorprendido, fingí seguir leyendo el periódico.

De nuevo introdujo su mano en aquella bolsa y sacó, ahora, una barra de chocolate. El procedimiento que utilizó con las galletas se repitió, pero esta vez, al concluir, observó sus manos detenidamente. Parecía maravillado, como si nunca las hubiera visto antes, manchadas con chocolate. Súbitamente empezó a lamer sus dedos uno a uno. Me puse de pie y aproveché para ver si venía el autobús. Disimuladamente observé que el muchacho nuevamente sacaba algo de su peculiar bolsa de papel: un refresco en botella plástica. Tardó una eternidad para destaparlo y tan sólo unos cuantos segundos para beberlo completamente. Pensé que ahí terminaría todo, pero al refresco le siguieron una bolsa de papas fritas y un bastoncillo de dulce con rayas blancas y rojas, de esos que suelen verse por todos lados en época navideña.

Yo empezaba a impacientarme por la tardanza del autobús; volví a sentarme para seguir fingiendo que leía.

El viento fresco de diciembre empezó a soplar, trayendo consigo una leve llovizna fuera de época en esta parte del continente.

La fila en la agencia bancaria de enfrente, ya tenía algunas personas más.

—¡Mami! ¿Te acuerdas del agua de la fuente? ¡Parecía espejo! —Escuché que decía el muchacho. Sus palabras, inesperadamente, impregnaron de una inexplicable inocencia el ambiente decembrino de la Calzada Roosevelt.

La mujer no contestó.

En ese momento, el autobús que yo esperaba llegó y se detuvo justo enfrente de donde yo me encontraba. El conductor me observó sin decir palabra. Yo deseaba llegar pronto a casa, pero por alguna extraña razón que aún hoy desconozco, no abordé.

El autobús prosiguió su marcha.

El viento me arrebató, de pronto, una de las hojas del periódico, la pude ver volar algunos metros pero no hice siquiera el intento de levantarla, seguramente ya se habría mojado con la llovizna que empezaba a caer más fuerte.

La mujer vio la hora en su diminuto reloj de pulsera que parecía a punto de reventar en la muñeca de su mano regordeta, y me pareció que al hacerlo, maldecía entre dientes, no supe si porque tal vez se le había hecho tarde, o porque a lo mejor su reloj no funcionaba.

—Son las cuatro y media —le dije, tratando de ser amable.

Ella se volvió hacia donde yo me encontraba y me miró de pies a cabeza, luego se detuvo un segundo en mis ojos, sin decir palabra. Me dio la impresión de que con la mirada me decía: ¿y quién se lo ha preguntado, baboso? O tal vez ¿y a mí qué me importa la hora de su mugroso reloj, yo tengo el mío, no lo ve? O algo como ¡no sea metido, no le he preguntado nada! En fin.

Me sentí realmente estúpido. Desviando la mirada me pregunté en silencio: ¿por qué no habré subido a ese autobús?

Decidí caminar algunas calles y abordar otro autobús un poco más adelante, pero desistí de inmediato al escuchar hablar a la mujer.

—Caminemos unas calles —le dijo al muchacho—, ese autobús parece que no va a pasar nunca.

Deduje entonces que esperábamos buses diferentes; o que esperábamos el mismo, pero que por alguna razón, al igual que yo, ellos tampoco abordaron el que yo también dejé pasar, lo cual me pareció una paradoja: no todos esperamos el mismo autobús, aunque lo hagamos en la misma estación.

El muchacho continuó sentado, sumergido en su mundo, ajeno a todo lo que le rodeaba y ajeno, me pareció, a cada palabra que la mujer decía.

Otro autobús llegó en ese momento. No era el que yo esperaba, pero lo abordé sin pensar. Al subir, pude ver que aquella mujer tomaba del brazo al muchacho y lo halaba impaciente para que este empezara a caminar. Me dirigí a uno de los asientos del fondo mientras el autobús retomaba lentamente la marcha. A lo lejos, oí que la mujer le hablaba nuevamente a su hijo. Me esforcé por escuchar, pero todo lo que alcancé a distinguir fueron esas dos desafortunadas palabras: "apresúrate idiota".

Nuevamente pensé: todos esperamos buses diferentes, aunque estemos en la misma estación... O a lo mejor esperamos el mismo, pero en estaciones equivocadas, quién sabe...

El árbol de Adán
Gerardo Guinea Diez

Novela
ISBN: 978-0-9774941-4-9

Gerardo Guinea Diez, Premio Nacional de Literatura (Guatemala, 2009), con su particular y magistral estilo nos lleva con esta novela, de la mano, a un tiempo de complicaciones y recuerdos dolorosos que se confunden con la vida cotidiana de nuestros pueblos.

"La trama es sobrecogedora y se logra una voz personalísima para contar la historia de ese crimen, de ese sábado imposible. Todo se vuelve espectral, como si fuera una Comala de la barbarie. De qué son culpables los pueblos, se pregunta la voz angustiada; no hay respuesta, pero yo digo: son culpables de ser inocentes"

Héctor Peña Díaz
Bogotá, Colombia.

OTROS TÍTULOS EN EVANED

La Ventana
**Breve Antología de
Nueva Literatura
Fantástica
Hispanoamericana**

Cuento
ISBN: 978-0-6151969-5-4

Durante los últimos años han surgido en diversos países de hispanoamérica, gran cantidad de autores, cuya calidad e ingenio no pueden ni deben pasarse por alto, otros, con mayor experiencia, han navegado con éxito por el océano inmenso de las letras, ofreciendo, tanto unos como otros, historias fantásticas, escritas de forma sencilla y al mismo tiempo ingeniosa, que atrapan inevitablemente al lector. La literatura fantástica ha contado con grandes maestros, desde Lovecraft y Poe, hasta Borges y Bioy Casares, quienes han legado su fabulosa obra al mundo y que, de alguna manera, han dado paso a plumas como las que hoy hemos reunido en esta Breve Antología de Nueva Literatura Fantástica Hispanoamericana.

Un lugar igual... Pero distinto, de Adolfo Mazariegos. Para más títulos de la editorial, visite www.evaned.com Evaned Grupo Editorial